197421

On The Banks of The Amazon
En las orillas del Amazonas

Written By / Escrito por Nancy Kelly Allen

Illustrated By / Ilustrado por Elizabeth Driessen

Translated By / Traducción por Eida de la Vega

For Sallie
—Nancy

To my children, Robin, Darin and Traci—
your childhood is my inspiration.
—Betty

Text Copyright ©2004 by Nancy Kelly Allen
Illustration Copyright ©2004 by Elizabeth Driessen
Spanish Translation Copyright ©2004 Raven Tree Press

Allen, Nancy Kelly, 1949-
      On the banks of the Amazon / written by Nancy Kelly
Allen ; illustrated by Elizabeth Driessen = En las
orillas del Amazonas / escrito por Nancy Kelly Allen ;
ilustrado por Elizabeth Driessen. --1st ed.
      p. cm.
      Text in English and Spanish.
      SUMMARY: Two wildlife photographers travel through
the Amazon Region encountering various indigenous
animals and plants, all in the course of one day.
      Audience: Ages 7- 11.
      LCCN 2003100142
      ISBN 0-9720192-7-8

      1. Amazon River Region -- Juvenile fiction. 2. Rain
forest animals--Amazon River Region--Juvenile fiction.
3. Rain forest ecology--Amazon River Region--Juvenile
fiction. [1. Amazon River Region--Fiction. 2. Rain
forest animals--Amazon River Region--fiction. 3. Rain
forest ecology-- Amazon River Region--Fiction.
4. Spanish language materials--Bilingual.] I. Driessen,
Elizabeth. II. Title. III. Title: En las orillas del
Amazonas

PZ73.A49135 2004   [E]
      QBI33-1173

Printed in the U.S.A.
10 9 8 7 6 5 4 3

501-STNT
C.7

first edition

On The Banks of The Amazon
En las orillas del Amazonas

Written By / Escrito por Nancy Kelly Allen

Illustrated By / Ilustrado por Elizabeth Driessen

Translated By / Traducción por Eida de la Vega

Raven Tree Press
LLC
www.raventreepress.com

On the banks of the Amazon, a new day breaks. The mighty Amazon River weaves in and about, around and out the canopy of green. Hanging mosses drop down in this grand tangle called a rain forest.

Two wildlife hunters on a safari see paw prints. Animals see footprints.

En las orillas del Amazonas, comienza un nuevo día. El poderoso río Amazonas ondea de un lado a otro bajo el verde follaje. Masas de musgo cuelgan en esta gran maraña que se conoce como selva tropical.

Dos cazadores de safari ven huellas de animales. Los animales ven huellas humanas.

On the banks of the Amazon, the jungle wakes to a gentle breeze sifting through the trees, rustling leaves. Howler monkeys swing from branch to branch with arms and tails. The monkeys' frightful yowls and haunting growls tell other monkeys to stay away. Their fruit trees will not be shared.

Two wildlife hunters on a safari hear the howlers. Howlers hear them.

En las orillas del Amazonas, la selva despierta al contacto de la suave brisa que se filtra entre los árboles y hace susurrar las hojas. Unos monos aulladores saltan de rama en rama agarrándose con patas y colas. Sus terribles alaridos y persistentes gruñidos advierten a otros monos que se mantengan alejados. No están dispuestos a compartir sus árboles frutales.

Dos cazadores de safari escuchan a los aulladores. Los aulladores escuchan a los cazadores.

On the banks of the Amazon, the morning air is fresh and clean. A jaguar pants in a slow, deep rhythm. Nearby, a tapir watches the jaguar watching it. Quick as a whistle and with a squeal as loud, the tapir plows through the underbrush toward the river. The jaguar turns and runs on soundless paws.

Two wildlife hunters on a safari take aim at the jaguar. The jaguar flees.

En las orillas del Amazonas, el aire de la mañana es fresco y limpio. Un jaguar jadea con ritmo lento y profundo. Muy cerca, un tapir se da cuenta de que el jaguar lo observa. Rápido como un silbido y emitiedo un chillido penetrante, el tapir avanza entre la maleza hacia el río. El jaguar se vuelve y corre en silencio.

Dos cazadores de safari le apuntan al jaguar.
El jaguar huye.

On the banks of the Amazon, sunshine seeps through the trees. The forest floor, far below the canopy of trees, is speckled with bits of sunshine. Trees and vines spread their leaves grabbing the sun's rays long before they reach the ground. Brightly speckled poison dart frogs don't try to hide. Instead, they flaunt their colors as they jump into a pile of leaves, searching out insects for a meal.

Two wildlife hunters on a safari stare at the frogs. Frogs stare at them.

En las orillas del Amazonas, la luz del sol se filtra a través de los árboles. El suelo de la selva, muy alejado del verde follaje, está moteado con pedacitos de sol. Los árboles y las enredaderas extienden sus hojas, atrapando los rayos del sol mucho antes de tocar al suelo. Las venenosas ranas-dardo, de manchas brillantes, no intentan esconderse. Al contrario, hacen gala de sus colores mientras saltan hacia un montón de hojas, en busca de insectos para el almuerzo.

Dos cazadores se fijan en las ranas.
Las ranas se fijan en ellos.

On the banks of the Amazon, the morning sun rises higher in the sky. Near the water, an anaconda wraps like bark around a tree. The stillness is broken when a fish jumps out of the water. The anaconda slithers down the tree and slips into the water.

Two wildlife hunters on a safari glimpse the anaconda. The anaconda glimpses them.

En las orillas del Amazonas, el sol de la mañana se eleva muy alto en el cielo. Cerca del agua, una anaconda se enrolla alrededor de un árbol como si fuera su corteza. La tranquilidad se interrumpe con un pez que salta fuera del agua. La anaconda resbala por el árbol y entra en el agua.

Dos cazadores le echan una ojeada a la anaconda. La anaconda les echa una ojeada.

On the banks of the Amazon, the midday sun heats up the jungle. High in a tree the world turns topsy-turvy for a three-toed sloth. The sloth hangs upside down all day long as it eats and sleeps. Even the hair on the sloth grows upside down, from the stomach to the back.

Two wildlife hunters on a safari look for the sloth. The sloth looks at them.

En las orillas del Amazonas, el sol del mediodía calienta la selva. Desde lo alto de un árbol, un perezoso de tres dedos mira el mundo al revés. El perezoso cuelga cabeza abajo durante todo el día, mientras come y duerme. Incluso el pelo del perezoso crece al revés, del estómago hacia la espalda.

Dos cazadores miran al perezoso.
El perezoso los mira.

On the banks of the Amazon, treetops brighten the day. Orchids in red and orchids in pink push their petals toward the sun. Feathers in blue and feathers in green set branches ablaze where parrots perch. They go like the wind to the clay cliffs where they settle and nibble.

Two wildlife hunters on a safari view the parrots. They aim and shoot. Parrots squawk as they lift off the cliff and soar back to the safety of the trees.

En las orillas del Amazonas, las copas de los árboles iluminan el día. Las orquídeas rojas y rosadas dirigen sus pétalos hacia el sol. Plumas azules y verdes encienden las ramas donde se posan las cotorras, que van como el viento hasta las peñascos de arcilla donde se posan y picotean.

Dos cazadores ven a las cotorras. Apuntan y disparan. Las cotorras lanzan un chillido y alzan el vuelo para regresar a la seguridad de los árboles.

On the banks of the Amazon, the afternoon sun sends most animals running for the cover of shade. Graceful pink dolphins glide with ease through the rippling stream. Paddling along, a pink flipper springs out of the water, then disappears.

Two wildlife hunters on a safari watch the pink dolphins. Dolphins watch them.

En las orillas del Amazonas, el sol de la tarde impulsa a los animales a buscar la sombra. Unos graciosos delfines rosados se deslizan con suavidad por la corriente rizada. Chapoteando, una aleta rosada emerge del agua y luego desaparece.

Dos cazadores observan a los delfines rosados. Los delfines los observan.

On the banks of the Amazon, shadows get longer in the late day. The piranha tree sprawls over the rippling water. Hundreds of caterpillars, thousands of caterpillars cover the tree, waiting to hatch. Beneath the tree a school of piranha fish swim and wait. A caterpillar falls. The water splashes.
SNAP!

Two wildlife hunters on a safari eye the piranhas.
Piranhas eye them.

En las orillas del Amazonas, las sombras se alargan al final del día. Las ramas de una piranheira se extienden sobre las rizadas aguas. Cientos, miles de orugas cubren el árbol, mientras esperan salir del capullo. Debajo del árbol un banco de pirañas nada y espera. Una oruga cae. El agua salpica. ¡ÑAM!

Dos cazadores avistan a las pirañas.
Las pirañas los avistan.

On the banks of the Amazon, the evening sun fades low in the distant sky. Azteca ants are busy at work on the acacia tree. A worrisome vine doesn't stand a ghost of a chance of growing around the acacia tree. Azteca ants attack the vine, leaf by leaf, until it gives up and grows in another direction.

Two wildlife hunters on a safari study the ants. Ants study them.

En las orillas del Amazonas, el sol de la tarde se desvanece en el cielo lejano. Las hormigas aztecas se afanan trabajando en la acacia. Una fastidiosa enredadera no tiene ni la menor oportunidad de crecer alrededor de la acacia. Las hormigas aztecas atacan la enredadera, hoja por hoja, hasta que ésta se da por vencida y crece en otra dirección.

Dos cazadores estudian a las hormigas.
Las hormigas estudian a los cazadores.

On the banks of the Amazon, animals hunt in the twilight. Spectacled caimans sun themselves on warm rocks. Slowly, they crawl, one by one, back into the water. Their jaws smile as they float, still as driftwood, waiting to catch evening meals.

Two wildlife hunters on a safari take aim. Caimans disappear into deep waters.

En las orillas del Amazonas, los animales cazan en el crepúsculo. Unos caimanes de anteojos toman el sol sobre las cálidas rocas. Uno a uno, lentamente, se arrastran de regreso al agua. Sus mandíbulas sonríen mientras flotan, como troncos a la deriva, esperando atrapar su cena.

Dos cazadores les apuntan. Los caimanes desaparecen en el fondo del agua.

On the banks of the Amazon, night creeps upon the rain forest. Rain falls hard and fast. The heat of the day is washed away. Chirps, squeaks, and croaks fill the darkness with rain forest music. The bullhorn calls of tree frogs from inside rolled-up leaves pierce the air and up the tempo.

Two wildlife hunters on a safari listen to the animals. Animals listen to them.

En las orillas del Amazonas, la noche avanza sobre la selva tropical. La lluvia cae rápidamente y con fuerza. El calor del día desaparece. Gorjeos, chillidos y graznidos llenan la oscuridad con la música de la selva tropical. El croar estruendoso de las ranas arbóreas, envueltas en sus hojas, perfora el aire y acelera el ritmo.

Dos cazadores escuchan a los animales.
Los animales los escuchan.

On the banks of the Amazon, fireflies flash their nighttime beacons. Glowing lights float up and down. Like a helicopter, the lights hover then once again float up and down. It's only click beetles looking for food. The forest floor casts an eerie glow. A mushroom, a fungus, throws out a weak beam.

Two wildlife hunters on a safari stare at the lights. Nocturnal animals stare at the hunters.

En las orillas del Amazonas, las luciérnagas hacen fulgurar sus faros nocturnos. Luces brillantes flotan arriba y abajo. Como un helicóptero, las luces quedan suspendidas en el aire y, enseguida, suben y bajan de nuevo. Son escarabajos de resorte que buscan comida. El suelo de la selva desprende un resplandor espectral. Una seta —un hongo— arroja un débil rayo de luz.

Dos cazadores contemplan las luces. Los animales nocturnos contemplan a los cazadores.

On the banks of the Amazon, fog arises on a new day in the emerald world. Howler monkeys howl their wake-up calls. A new day of hunting begins for the jaguar. A new day of sunning awaits the caiman. A new day of hunting ends for the click beetles.

Two wildlife hunters on a safari pick up their cameras, aim, and shoot again. Animals scurry.

En las orillas del Amazonas, la niebla se levanta para mostrar un nuevo día en el mundo esmeralda. Los monos aulladores se despiertan con aullidos. Un nuevo día de caza comienza para el jaguar. Un nuevo día para asolearse espera a los caimanes. Un nuevo día de caza termina para los escarabajos de resorte.

Dos cazadores recogen sus cámaras, apuntan y disparan de nuevo. Los animales se escabullen.

Vocabulary / Vocabulario

English	Español
hunters	los cazadores
footprints	las huellas
monkeys	los monos
vines	las enredaderas
jungle	la selva
sun	el sol
caterpillars	las orugas
listen	escuchan
frogs	las ranas
dolphins	los delfines
beetles	los escarabajos
ants	las hormigas
shoot	disparan
aim	apuntan
mushrooms	las setas